www.tredition.de

AF177360

www.tredition.de

© 2018 Ralf Frisch

Verlag und Druck:
tredition GmbH, Halenreie 40-44, 22359 Hamburg

ISBN
Paperback: 978-3-7439-8664-0
Hardcover: 978-3-7439-8665-7
e-Book: 978-3-7439-8666-4

Ralf Frisch

Der Bär
in der Krippe

Eine Weihnachtsgeschichte

Für alle Verlorenen

Ihm fehlte nichts. Denn seine Eltern lasen ihrem einzigen Sohn jeden Wunsch von den Augen ab – auch jene Wünsche, die F. nicht hatte, die seine Eltern aber glaubten, erfüllen zu müssen, um ihn glücklich zu machen. Eigentlich versuchten sie, die bis auf das Glück alles hatten, sich und ihr Kind zu diesem Glück zu zwingen – mit aller Gewalt, wie man sagt – und sei es mit der Gewalt der Überhäufung. Denn überhäuft wurde F. – überhäuft mit Dingen, wovon Kinder weniger begüterter Eltern nur träumen können. Und so lebte der kleine F. ein Leben, in dem es an nichts, was mit Geld zu bezahlen war, mangelte. Doch F. ging es so, wie es allen geht, die alles haben: er konnte nichts, was er bekam und was sein Dasein auf Rosen bettete, wertschätzen, sondern glich einer Prinzessin auf der Erbse. Alles, was er nicht hatte, verleidete ihm die Zufriedenheit mit dem, was er hatte. Alles, was er hatte, nahm er als selbstverständlich gegeben hin. Und in allem Überfluss wurde er nicht zufriedener oder gar glücklich, sondern immer unzufriedener. So unzufrieden, dass es eigentlich nicht auszuhalten war mit ihm. Und je unerträglicher und unzufriedener F. wurde, desto mehr bemühten sich seine Eltern, ihn glücklich und zufrieden zu machen. Mit derselben Strategie, die F.s Unzufriedenheit erst hatte entstehen lassen, vergrößerten sie diese, indem sie nicht müde wurden, es ihm an nichts fehlen zu lassen, wovon sie sich sein Glück versprachen.

In dem Jahr, in welchem F. acht Jahre alt war, besuchte seine Mutter mit ihm einen Weihnachtsmarkt im Zentrum der Stadt – der sogenannten Metropole –, in der sie lebten. Es war am Spätnachmittag des zweiten Advent und es dämmerte. Auch schneite es ein wenig, was vielen Weihnachtsmarktbesuchern, den Kindern und den Erwachsenen, ein Gefühl der Zufriedenheit in die Seelen und auf die Gesichter zauberte. F. jedoch sah weder Zufriedenheit noch spürte er sie, weil er mit dem beschäftigt war, was er noch nicht hatte und gerne gehabt hätte.

Jenen, die F. und seine Mutter beobachteten, zeigte sich ein seltsames Bild. Da war ein Kind, das mit ausgestrecktem Arm auf die schönen und glänzenden Dinge in den Buden zeigte. Und da war eine Mutter, die bereitwillig ihre Geldbörse öffnete und dem Kind kaufte, was es wollte – eine Mutter, die mit prall gefüllten Tüten und Taschen bepackt hinter ihrem kommandierenden Sohn über den Weihnachtsmarkt lief. Niemand der beiden lächelte. Das Geschäft, das sie an diesem Adventssonntagabend verrichteten, schien harte, von wenig Glück begleitete und von wenig Glück verfolgte Arbeit zu sein.

Als F.s Mutter ihm ungewohnt unwirsch, weil es ihr an diesem Tag nicht wohl an Leib und Seele war, zu verstehen gab, man müsse nun bald nach Hause, wo der Vater zwischen zwei Geschäftsreisen darauf wartete, F. wenigstens ein paar Stunden zu sehen, fiel der Blick des Jungen auf etwas, das ihm bisher entgangen war, ihn aber jetzt mit geradezu unwiderstehlicher Gewalt anzog.

Am Rande des Weihnachtsmarktes, ein wenig im Schatten der meistbegangenen Wege, stand auf einem Podest hinter einer Art Absperrung aus kettenartigen Girlanden die bezauberndste Weihnachtskrippe, die F. je gesehen hatte. Nüchtern und ohne Glühweinbeschwingtheit betrachtet war die Krippe, die F. wie nichts sonst auf diesem Weihnachtsmarkt fesselte, von ausgesuchter Kitschigkeit. F., der jedoch nicht in einer Familie lebte, die ein kritisches Sensorium für das Kitschige ausgeprägt hatte, sondern sich gern mit dem übertrieben Schönen dekorierte, das den Anschein erwecken sollte, alles in ihrem Leben sei gut und von Erfolg gekrönt, blieb mit einem Mal wie angewurzelt stehen.

Was er sah, versetzte den Achtjährigen so in Verzückung, dass er den Blick nicht mehr davon zu lösen vermochte. Vor ihm war eine Weihnachtskrippe aus Teddybären aufgebaut. Die Hirten und ihre Schafe, die drei Weisen aus dem Morgenland, Ochs und Esel, Josef und Maria: Teddybären allesamt. Putzige, drollige, herzzerreißend niedliche Teddybären in unterschiedlichsten Größen und Kostümen. Eine Teddybärenkrippe.

F. war hingerissen von dieser sonderbaren Installation. Warum er dies war, vermögen wir nicht zu verstehen. Und wir müssen es auch nicht verstehen. Denn ob wir es verstehen oder nicht: die Geschichte nahm ihren Lauf. F. war von der Teddybärenkrippe verzaubert wie von nichts in seinem kurzen Leben zuvor. Besonders verzaubert war er von dem kleinen hellrosanen Teddybären, der zwischen dem Josefsteddybär und dem Marienteddybär und zwischen dem Ochsenteddybär und dem Eselteddybär auf Stroh in einer Futterkrippe lag.

F. nahm seine Mutter, die erschöpft ihre Einkaufstüten abgestellt hatte und der an diesem Abend nicht nach Verzücktheit zumute war, bei der Hand, wies auf den Teddybären in der Krippe und sagte: „Ich will diesen Teddybären haben, Mama!" In einem Ton, der keinen Widerspruch duldete und daher nur selten Widerspruch erntete, forderte F.: „Kauf mir diesen Teddybären."

An jenem Adventssonntag aber begab es sich, dass F.s Mutter ausnahmsweise etwas Richtiges tat. Ahnungslos hinsichtlich der Tragweite dessen, was ihr Satz in F.s Leben auslösen sollte, sagte sie: „Diesen Teddybären kann man nicht kaufen." Und sie fügte hinzu: „Lass uns jetzt heimgehen. Ich bin müde. Es ist genug."

Niemand wird erwartet haben, dass F. sich das gefallen ließ. Er stampfte mit seinen teuren Pelzstiefeln auf den verschneiten Boden und brüllte seine Mutter an: „Ich will diesen Teddybären! Und zwar sofort! Ich will ihn haben! Ich will ihn zu Weihnachten. Kauf ihn mir!"

Als F. sah, dass seine Mutter – überraschend genug – sich von diesem Ausbruch nicht erweichen ließ, sondern die Einkaufstaschen aufnahm, ihrem außer sich geratenen Sohn den Rücken kehrte und in Richtung U-Bahn-Station zu gehen begann, schrie er noch lauter – so laut, dass auch Andere auf sein Gebrüll aufmerksam wurden, was ihn, den Aufmerksamkeit Gewöhnten, aber nicht im Geringsten beeindruckte oder gar störte.

Allein es half nichts. „Du hast genug", sagte sie. Tief in der Textur ihrer Seele war ein Geduldsfaden gerissen. „Es gibt Dinge, mein Lieber, die kann man nicht kaufen. Komm jetzt."

F. starrte seine Mutter mit offenem Mund an. Irgendwie spürte er, dass ihr diesmal nicht beizukommen war. Er gedachte das aber nicht hinzunehmen, zeigte erneut auf den Bären in der Krippe und verlegte sich auf eine Form der Verführung, die ihm eigentlich fremd war, weil er sich ihrer noch nie zuvor hatte bedienen müssen. Er begann zu betteln und sagte leise, beinahe wimmernd: „Bitte, Mama. Bitte." Doch kein Bitten half. F. bekam den Bären nicht. Wie hätte er ihn auch bekommen sollen? Seine Mutter hätte den Bären, der nicht zu kaufen war, für ihn stehlen müssen.

Was am restlichen Abend geschah, muss eigentlich nicht erzählt werden. Es versteht sich von selbst, dass es der schrecklichste Abend in F.s bisherigem Leben war. Seine entnervten Eltern brachten ihn, nachdem er durch nichts, weder durch Freundlichkeit noch durch Strenge, zu beruhigen war, früher als sonst zu Bett, wo F. seinen Kopf in das Kissen vergrub, mit beiden Fäusten auf die Matratze trommelte, heulte und schrie, bis er untröstlich und tief gekränkt irgendwann einschlief.

Wer nun glaubt, damit sei die Angelegenheit aus der Welt gewesen und F. erstmals zumindest ein wenig erzogen worden, täuscht sich. Denn F. war nicht zu erziehen, und er war vor allem nicht durch die Auskunft zufriedenzustellen, dass es Dinge gab, die man nicht kaufen konnte – oder anders gesagt: die er nicht haben sollte, weil sie nicht für ihn bestimmt waren. F. hatte sich in den Kopf gesetzt, dass es sein Bär war, dass er ihn haben musste und dass er sich von nichts und niemandem in der Welt davon abhalten lassen würde, ihn sich zu holen. – Und so geschah es.

Eines Abends, als F.s Vater nicht zu Hause und seine Mutter, deren Krankheit sich schon am Abend des ersten Weihnachtsmarktbesuches angekündigt hatte, erschöpft und fiebernd zu Bett lag, schlich er sich, seinen Schulrucksack auf dem Rücken, mit zusammengebissenen Zähnen und wild entschlossenem Blick aus dem Haus, steuerte der U-Bahn zu, fuhr vier Stationen, stieg am Christkindlesmarkt aus und mischte sich dort unter das Zufriedenheit und Weihnachtszauber suchende Volk.

Anders als beim ersten Mal regnete es an diesem Tag, der unwirtlicher und ungemütlicher nicht hätte sein können. Weil sich nur Wenige zum Weihnachtsmarkt aufgemacht hatten, war heute leichtes Durchkommen zwischen den Buden und Ständen. Und vor der bizarren Teddybärenkrippe, von der kein Mensch wusste, wie es zu ihr kam und warum und für wen sie aufgebaut worden war, da kaum jemand durch sie in Verzückung geriet, stand an diesem Abend niemand außer F. allein.

Viele Male hatte er in der vergangenen Woche in Gedanken durchgespielt, was er tun würde. In einem unbeobachteten Augenblick kurz vor der abendlichen Schließung der Tore des gut gesicherten und umzäunten Weihnachtsmarktes würde er unter der Absperrung hindurchhuschen, den rosa Bären aus Krippe nehmen, sich hinter der der Gasse abgewandten Seite des Podests verstecken, den Bären in seinen Rucksack packen und wenige Augenblicke später mit ihm verschwinden.

Und genau dies tat F. Niemand nahm Notiz von ihm. Keiner behelligte ihn. Und als er mit seiner Beute wieder das elterliche Haus betrat, waren nicht einmal zwei Stunden vergangen. Seine kranke, an diesem Tag allein mit sich selbst beschäftigte Mutter ahnte von nichts.

F. fand für seinen Bären auf dem Grund eines der mit Spielsachen und anderen Stofftieren vollgestopften Schränke seines weitläufigen Zimmers einen Platz, an dem er das Weihnachtsgeschenk, das er sich selbst gemacht hatte, verbarg. Natürlich sagte er niemandem etwas vom Raub dessen, was ihm seiner festen Überzeugung nach zustand.

Seinen Eltern nicht und auch sonst keinem Menschen. Letzteres fiel ihm nicht schwer, da er ohnehin keine Freunde oder sogenannte Spielkameraden hatte, denen er es hätte erzählen können.

Am Heiligen Abend wurde F. erwartungsgemäß mit Geschenken überhäuft. In diesem Jahr waren die Stofftiere, Legokästen und Playmobilschachteln größer denn je zuvor. Offenkundig wollte seine Mutter, die die abendliche Begebenheit auf dem Weihnachtsmarkt keineswegs vergessen hatte und F. noch immer die Enttäuschung anzumerken meinte, ihr Kind entschädigen für das Nicht-Haben-Können dessen, was mit Geld nicht zu kaufen war.

F. freute sich an diesem Heiligabend demonstrativ über die vielen Dinge, die er bekam. Er spiegelte hingebungsvolles Spiel mit all dem vor, was seine Zufriedenheit befördern sollte – freilich erst, nachdem er es sich nicht hatte nehmen lassen, eine kleine Szene zu machen, die in der kulleräugig traurig, aber ohne Zorn vorgebrachten Bemerkung gipfelte, wie schade es sei, dass seine Eltern ihm den Bären aus der Krippe, den er sich doch so sehnlich gewünscht habe, nicht geschenkt hatten. Aber, so F., es sei schon gut; denn eigentlich habe er den dummen Bären längst vergessen, da ihm außerdem klar geworden sei, dass nur Mädchen mit rosa Spielzeug spielten. – Und so klang dieser Heilige Abend in allgemeiner Zufriedenheit aus.

Als F.s Eltern ihn ins Bett gebracht und ihren, wie es schien, todmüden Sohn in seinem Zimmer dem Schlaf überlassen hatten, schlich sich F., sobald er Vater und Mutter ein Stockwerk tiefer bei Kaminfeuer und Wein wusste, zum Versteck seines Teddybären, drückte ihn fest an sich und schlief an der Seite des einzigen Weihnachtsgeschenkes, das ihm jemals etwas bedeutete, selig ein – nicht, ohne zuvor dafür zu sorgen,

dass am Morgen des ersten Weihnachtsta-
ges sein Wecker piepsen würde, ehe seine
Eltern ihn mit dem Bären im Arm überra-
schen konnten.

In dieser Nacht war F. das glücklichste
Kind der Welt.

Nur wenige Monate nach Weihnachten starb F.s Mutter. Die Krankheit, deren zerfressende Gegenwart ihr an jenem Adventsabend auf dem Christkindlesmarkt erstmals unleugbar und unausweichlich bewusst geworden war, brach in kürzester Zeit jeglichen Widerstand ihres Leibes und ihrer Seele – sofern sie, die müde Gewordene, überhaupt Widerstand leistete. Jedenfalls ließ sie den verstörten F. und dessen noch verstörteren, mit derartigen unkontrollierbaren Realitäten überforderten und sich fortan noch mehr in seinen Beruf flüchtenden Vater allein in der Welt zurück. F., dem eine „Hilfe" anvertraut wurde, die sich um ihn und das Haus kümmerte, wenn sein Vater auf Reisen und eigentlich auch, wenn er nicht auf Reisen war, wusste in der ersten Zeit nach dem Tod seiner Mutter nicht ein noch aus. Er verfügte – wie vielleicht jedes Kind, das seine Mutter oder seinen Vater verliert – nicht über Mechanismen, mit welchen er sich gegen diesen Verlust hätte schützen können, der mit keiner „Hilfe", mit keinem Geld der Welt und auch mit Nichtwahrhabenwollen nicht zu lindern geschweige denn rückgängig zu machen war. Das Einzige oder vielmehr der Einzige, der ihm, wenn er nachts die Kissen zerheulte, eine Art schwachen Trost spendete, war sein Teddybär aus der Weihnachtskrippe. Je einsamer F. sich fühlte, desto fester drückte er seinen einzigen Freund an sich.

Als ein Jahr nach seiner Mutter sein Vater auf einer Geschäftsreise tödlich verunglückte, war es um F., dem wir eingangs als unzufriedenem, unerträglichem und alles andere als liebenswertem Jungen begegneten, der einem aber nun in der Seele leid tun konnte, geschehen. Zwar hatte er finanziell, wie man sagt, ausgesorgt, und um den Waisen kümmerten sich Menschen, die es gut mit ihm meinten – eine Tante, die er auch früher schon halbwegs gemocht hatte, und die erwähnte „Hilfe", die junge Frau, die ihn, den von seinen Eltern Alleingelassenen ins Herz geschlossen hatte und ihn spüren ließ, dass sie ihn tatsächlich wie ihren eigenen Sohn liebhatte. Aber so sehr für F. in der Welt gesorgt war, so verloren war er doch in dieser Welt.

In jener Zeit begann ihm etwas zu dämmern. Noch fand er die rechten Worte für das Gefühl nicht, aus dem er nicht mehr herauskam, seit er seine Eltern verloren hatte. Aber was er nicht in Worte zu fassen vermochte, besorgten die Träume, in welchen ihm ein dunkles Licht aufging.

F. träumte zuweilen, er sei in eine tiefe Schlucht gefallen, die ihn ohne Hoffnung auf Entrinnen auf ihrem trostlosen Grund gefangen hielt. In diesen Träumen hielt er seinen Teddybären nicht an sich gepresst. Vielmehr träumte ihm, der Bär sei es gewesen, der ihn eines Nachts hinterrücks angegriffen und in den lichtlosen Abgrund gestoßen hatte.

Kinderseelen und Kinderhirne reimen sich gelegentlich Zusammenhänge zusammen, über die Erwachsene nur den Kopf schütteln können. Kinder haben, wie wir wissen, ihre eigene Logik, und was sie sich ersinnen, kann die Verarbeitung furchtbarer Ereignisse befördern oder aber eben behindern. Es ist schwer zu entscheiden, was in F.s Fall der Fall war. Denn in F. reifte eine Erkenntnis heran, die sich immer unbeirrbarer in ihm verfestigte und klar und deutlich in Worte zu fassen war: „Der Teddybär ist an allem schuld. Seit ich ihn aus der Krippe auf dem Weihnachtsmarkt gestohlen habe, bin ich verflucht."

F. sagte sich dies nicht nur im ersten Jahr der Trauer über den Tod seiner Eltern. Er sagte es sich im zweiten Jahr. Er sagte es sich im dritten Jahr. Und er sagte es sich auch dann noch, als er bereits achtzehn Jahre alt war. Nichts vermochte den Heranwachsenden davon abzubringen, dass er eine fürchterliche Schuld auf sich geladen hatte, als er den Bären aus der Weihnachtskrippe entwendet und seinen Bäreneltern entrissen hatte. „Ja, so ist es", sagte sich F. ein ums andere Mal. „Ich bin verflucht. Und es geschieht mir recht. Ich bin verflucht und ich bin verloren. Ich habe dem Bären seine Eltern weggenommen. Und jetzt hat der Bär mir meine Eltern weggenommen."

All diese Gedanken behielt F. jedoch für sich. Er teilte sie mit niemandem. Sie wären einem jungen Mann, der Jahr um Jahr mehr aus dem Alter herauswuchs, in dem man sich, ohne sich vor allen anderen Gleichaltrigen schämen zu müssen, mit Teddybären beschäftigte, auch nicht gut angestanden. Und so bewegte er, was ihn quälte, allein in seinem Herzen und öffnete dieses gequälte Herz keinem Anderem. Dass er während und nach seiner Pubertät immer in sich gekehrter wurde, führten alle, die mit ihm zu tun hatten, naheliegenderweise auf den frühen Tod seiner Eltern zurück. Da aber der heranwachsende F. sein Leben, wie man sagte, ansonsten „ganz passabel" meisterte und sich überdies niemand finanzielle Sorgen um ihn machte, war F. einerseits zwar ein bemitleidenswerter Fall, andererseits aber hielt sich das Mitleid mit dem Sonderling wie das Mitleid mit allen Sonderlingen, die sich selbst die Nächsten, jedenfalls näher als ihre nächsten Mitmenschen sind, in Grenzen.

Und so war und blieb F. letztlich mit sich und mit seinen ihn unerbittlich und gnadenlos heimsuchenden Vorstellungen von Fluch und Schuld und Sühne allein. Er hegte die felsenfeste Überzeugung, dass den Kampf gegen das, was ihn innerlich überwucherte, nur allein er und er allein aufnehmen und bestehen konnte.

Der geraubte Bär, daran bestand für F. je länger je mehr kein Zweifel, war die Wurzel allen Übels, das F.s Familie befallen hatte. Und es gab keinen Grund zur Annahme, dass es mit dem bisher erlittenen Übel sein Bewenden haben würde. Schlimmeres würde kommen. Und die Gewissheit, dass womöglich nichts daran zu ändern war, dass Schlimmeres kommen würde, schnürte F. die Kehle und die Seele zu.

Als Beobachter des seinen Lauf nehmenden Schicksals des Hauptdarstellers unserer Geschichte sind wir davon überzeugt, dass F. zu helfen und dass sein durch den Tod seiner Eltern verursachter Zustand zu lindern gewesen wäre, wenn F. sich psychologisch hätte helfen lassen. Wir sind davon überzeugt, dass der Bär aus der Weihnachtskrippe irgendwann in F.s jungem Leben der Vergessenheit anheimgefallen wäre und keine Rolle mehr für F. gespielt hätte, wenn er sich einer sogenannten Therapie unterzogen hätte.

Wenn es allerdings wirklich zu einer solchen Therapie gekommen wäre und F. sozusagen auf gesunde Weise getrauert hätte – falls es so etwas überhaupt geben kann und nicht jede Art von Trauer, auch die alleruntröstlichste, gesund ist, weil der Tod ja eben das Allerkrankhafteste der Welt ist –, dann wäre diese Welt um eine Weihnachtsgeschichte ärmer – um eine Weihnachtsgeschichte, die zu traurig, zu herzzerreißend und zu schön ist, um nicht erzählt zu werden. – Erzählen wir sie also weiter.

F. hielt sich wie gesagt für verflucht und verloren. Und in diesem Verfluchten und Verlorenen stieg in all den Jahren seit dem Tod seiner Eltern immer wieder die Frage auf, wie es ihm gelingen konnte, die niederdrückende und quälende Macht des Bären zu brechen, der sein Bär und dann ganz offenkundig auch wieder nicht sein Bär war, während F. zweifellos diesem Bären gehörte, der von F. Besitz ergriffen hatte, den F. aber schon lange nicht mehr zu sich ins Bett

nahm – nicht, weil pubertierende Jugendli-
che unter der Bettdecke irgendwann nicht
mehr mit rosaroten Stofftieren spielen, sondern weil sich F. vor dem Bären fürchtete.

Irgendwann hatte F. ihn daher an einem
Ort im Haus seiner Eltern versteckt, an dem
der Bär weitestmöglich von seiner eigenen
Schlafstatt entfernt war. Den Bären, wie
man sagt, zu entsorgen, hatte F. freilich
nicht über das Herz gebracht. Zu groß war
seine Angst davor, der etwa an irgendeinem
dunklen Ort vergrabene oder auf den Müll
geworfene Bär würde ihn daraufhin erst
recht und vielleicht sogar noch übler heim-
suchen als bisher. F. durfte, so seine Gewissheit, die heikle Balance zwischen Dis-
tanz und Nähe des Bären nicht aus dem
Gleichgewicht bringen. Weder durfte er sich
dem Bären all zu sehr nähern noch durfte er
den Bären all zu weit von sich entfernen. F.
hatte mit der unheimlichen Nachbarschaft
des Bären zu leben, wenn er nicht alles noch

schlimmer machen wollte.

Doch auch so kam es schlimmer. Es kam schlimmer – dann aber auch wieder nur so schlimm, dass man zugleich auch sagen konnte, es hätte noch schlimmer kommen können. Denn was F. um seine Volljährigkeit herum zustieß, war einerseits ein großes Unglück, andererseits aber auch ein großes Glück. Dass F. nicht an einer Lebensmittelvergiftung zugrunde ging, die dreien seiner Mitschüler im Abiturjahr das Leben kostete, dass er die Klinik, auf deren Intensivstation man ihn, wie es heißt, bereits aufgegeben hatte, nach wenigen Wochen geheilt verlassen konnte – und dass er kurze Zeit später einen schweren Unfall mit seinem neuen Wagen, den er sich gleich nach Bestehen der Führerscheinprüfung gekauft hatte, unfassbarerweise nur leicht verletzt überlebte, war Glück im Unglück und zugleich ganz offenkundig mehr als nur Glück im Unglück. Denn auch das, was Andere Glück im Unglück genannt hätten, stand für F. fraglos mit der Gegenwart der dunklen Macht des Bären in Verbindung, die so sehr angewachsen war, dass es F. längst um nichts Anderes mehr ging als darum, eine Antwort auf die Frage zu finden, die zu seiner Lebensfrage wurde. Wie konnte er sich von dem Bären befreien, der ihm, seit er sich ihn genommen hatte, das Leben nahm?

Eines Nachts fand er die Antwort. Oder vielmehr: die Antwort fand ihn. Dass F. so lange gebraucht hatte, um sie, die doch mit einem Mal so offen zu Tage lag, als habe nie der Hauch eines Zweifels bestanden, was zu tun war, zu finden, wurmte ihn. Er merkte urplötzlich, wieviel Zeit er bereits verloren hatte und dass vielleicht zu verhindern gewesen wäre, was ihn und die Seinen heimgesucht hatte, wenn sein Gewissen ihn bereits als Achtjähriger, unmittelbar nach dem Bärenraub, so gequält hätte, dass er den Teddybären wieder in seine Krippe und zu seinen Bäreneltern zurückgebracht hätte.

Denn das war es, was ohne den geringsten Zweifel zu tun war: F. musste die Krippe wiederfinden und den rosanen Bären in diese – seine – Krippe zurücklegen. Nur so war Sühne möglich. Nur so konnte dem Spuk ein Ende gemacht und der Fluch seines Lebens vielleicht doch noch in Segen verwandelt werden.

„Das Bärenkind", so F. zu sich selbst, „hat keinen Ort, wo es sein Haupt hinlegen kann. Dass es in der Fremde, an einem fremden Ort, sein Dasein fristen muss, wo es doch eigentlich in sein Eigentum gehört, ist die Ursache für das Unheil, das meine Welt getroffen hat und das noch größer werden wird, wenn ich den Bären nicht zu seiner Krippe und in seine Welt zurückbringe."

Doch wie sollte F. nach zehn Jahren die Krippe wiederfinden, die es doch sicherlich längst nicht mehr gab? Bestand auch nur die geringste Wahrscheinlichkeit, dieser Krippe ein drittes Mal gegenüberzustehen? F. bezweifelte es. Aber er wusste, dass er keine andere Chance hatte, sein Leben und mit diesem seinem Leben auch das Leben des Bären zu retten. Und diese Chance, und sei sie noch so gering, gedachte er zu nutzen.

Als es in diesem Jahr, in dem F. den Entschluss gefasst hatte, sich zur Krippe aufzumachen, von der er nicht wusste, ob und wo sie zu suchen und zu finden war, Advent wurde, besuchte er naturgemäß zunächst den Weihnachtsmarkt seiner Heimatstadt. Aber natürlich fand er dort keine Weihnachtskrippe aus Teddybären. – Ob sie wüssten, ob es die Bärenkrippe noch gebe, die er als Kind hier einmal gesehen und die ihn damals so beeindruckt habe, fragte der junge Mann die Männer und Frauen in den Buden des Christkindlesmarktes. Als er merkte, wie sie ihn auf diese Frage hin anblickten, wusste er, dass niemand, den er fragte, auch nur die geringste Ahnung hatte, wovon F. sprach. Ja, noch mehr: er fühlte, dass sie sich innerlich und hinter seinem Rücken über ihn lustig machten. Und natürlich hatte es keinen Zweck und natürlich vermochte es die Überzeugung der Verkäuferinnen und Verkäufer auf dem Weihnachtsmarkt nicht zu erschüttern, es mit einem Verrückten zu tun zu haben, dass F. hinzufügte: „Ich suche diese Krippe nicht für mich, sondern für meinen kleinen Bruder, dem ich davon erzählt habe und der es nicht erwarten kann, die Krippe einmal in echt zu sehen. Aber ich sehe schon ..."

F. ließ sich von dieser ersten Niederlage nicht entmutigen. Der Weihnachtsmarkt seiner Stadt war nicht der Einzige auf der Welt. Wer konnte wissen, ob die Bärenkrippe nicht anderswo aufgebaut war?

Und so fuhr F. in diesem Dezember von Weihnachtsmarkt zu Weihnachtsmarkt. Er besuchte, obwohl religiös nicht interessiert, so viele Kirchen und Kirchplätze wie noch nie zuvor in seinem Leben. Er trieb sich auf der Suche nach einem Krippenwunder an den unwahrscheinlichsten Orten des Landes und sogar jenseits der Grenzen dieses Landes herum, ohne jemals zu finden, wonach er suchte oder vielmehr nicht mehr wirklich suchte, weil er ja doch in seinem tiefsten Inneren wusste oder zumindest ahnte, dass seine Suche vergebens sei.

Um jedoch nichts unversucht zu lassen, suchte er weiter und stellte über seine zahllosen Weihnachtsmarktbesuche hinaus am Ende auch Nachforschungen bei der Herstellerfirma des gestohlenen Teddybären an. Denn wenn einer etwas über die Bärenkrippe wusste, dann musste er in dieser Firma sitzen, weil es ja doch zweifellos diese Firma war, die die Bären der Bärenkrippe angefertigt hatte. F.s freundlicher Brief wurde freundlich beantwortet. Sein Inhalt freilich war kein Grund zur Freude, sondern ein Schlag ins Gesicht für F., dem nun Schwarz auf Weiß vor Augen stand, was gleichwohl nicht sein konnte, weil es ja doch seiner gesamten Lebensrealität spottete: dass es nach dem besten Wissen der Stofftierfirma nie eine mit ihren Teddybären ausgestattete Weihnachtskrippe gegeben hatte.

So sehr F. diese Auskunft niederschlug und verwirrte, so sehr fand er in seiner Verwirrung und in seiner Trostlosigkeit Trost bei dem Gedanken, dass es ja ohnehin einerlei war. Denn selbst, wenn es diese Krippe noch oder wieder gegeben hätte: der Platz des kleinen Bären zwischen seinen Eltern und zwischen Ochs und Esel wäre längst von einem anderen kleinen Bären eingenommen worden. Und bevor F. im Falle des Findens der Krippe den gestohlenen Bären dorthin hätte zurücklegen können, hätte er erst für seinen Bären Platz machen und den anderen Bären entwenden, also einen zweiten Diebstahl begehen müssen, auf dem gewiss ebensowenig Segen lag wie auf dem ersten. Und wer konnte wissen, ob sich zwei Bären in einer Krippe vertragen hätten! Womöglich wäre durch den Streit der Bären, dessen einer dann ja gewissermaßen ein Kuckucksei gewesen wäre, was er ihm, F., sicherlich nicht verziehen hätte, noch größeres Unglück über ihn gekommen.

Diese Vorstellung und das Ende der Adventszeit bereiteten F.s Hoffnungen ein tristes Ende. Als der letzte Weihnachtsmarkt am 24. Dezember dieses Jahres seine Tore schloss und F. durch den nasskalten und windigen Vorabend nach Hause fuhr, empfand er sich als den einsamsten und verlorensten Menschen auf der ganzen Welt.

Rettung kommt, wie wir aus eigener Erfahrung wissen, manchmal aus dem Vergessen. Und so wenig es über ein Jahrzehnt lang danach aussah: auch F. vergaß. Er vergaß den rosanen Teddybären auf dem Dachboden. Er vergaß, dass er ein Verfluchter und ein Verlorener war. Er vergaß die Trauer über den Tod seiner Eltern, in deren Haus er weiterhin – allein – lebte. Er trat, wie man sagt, in die Fußstapfen seines Vaters, übernahm dessen Geschäft und stürzte sich mit derselben Besessenheit in die Arbeit, mit der er seinerzeit als Kind den Bären aus der Krippe gestohlen und Jahre später unzählige Weihnachtsmärkte aufgesucht hatte, um diese eine Krippe wiederzufinden.

F.s Leben verlief zwischen seinem neunzehnten und seinem einundvierzigsten Lebensjahr ohne besondere Vorkommnisse. Er war, wie man sagen könnte, würde man damit nicht an ein heikles Thema rühren, über das wir besser den Mantel des Schweigens breiten, um keine schlafenden Hunde oder vielmehr Bären zu wecken, pelzig geworden und hatte sich ein dickes Fell zugelegt, das weder Irritationen aus der Außenwelt noch aus der eigenen Innenwelt an ihn heranließ.

Wenige Wochen nach seinem einundvierzigsten Geburtstag jedoch merkte F., dass etwas mit ihm nicht stimmte. Er ermüdete schnell und fühlte sich bereits nach geringer Anstrengung so, wie sich seine Mutter an jenem denkunwürdigen Abend gefühlt hatte, als sie zu Tode erschöpft auf dem Weihnachtsmarkt der Metropole, in der sie lebten, Einkaufstaschen und Geschenkpakete hinter dem kommandierenden F. hertrug.

Weil jede Gestalt körperlicher Aktivität F. derart schlauchte und auslaugte, dass er lange Ruhepausen einlegen musste, um wieder Kraft zu schöpfen, entschloss er sich bangen Herzens, seinen Hausarzt aufzusuchen, um seiner Schwäche auf den Grund zu gehen und sich untersuchen zu lassen.

Als F. zum zweiten Mal in die Praxis seines Arztes gebeten wurde, um die Befunde zu besprechen, hatte er schon beim Eintreten ins Arztzimmer das mulmig dumpfe, an Gewissheit grenzende Gefühl, dass er an diesem Vormittag keine guten Nachrichten zu gewärtigen haben würde. Doktor S. blickte ernst über die Brille, hatte die Stirn in Falten gelegt und wägte, um F. nicht gänzlich aus der Fassung zu bringen, jedes seiner Worte, die die Unheilbarkeit von F.s Erkrankung behutsam umkreisten, für F. aber dennoch nichts Geringeres als eine Vernichtung waren, bedächtig ab. „Wir können jetzt", sagte er zu F. auf dem traurigen Höhepunkt seiner medizinischen Ausführungen, „nur auf ein Wunder hoffen."

In diesem Augenblick verwandelte sich der erwachsene F., der Mann mit Macht und Einfluss, unversehens und mit voller Wucht wieder in das Kind, das als Achtjähriger erstmals vor der Teddybärenkrippe gestanden war und den einen rosanen Bären haben wollte, koste es, was es wolle. – „Aber … ich habe Geld", sagte F. in einer Art letztem trotzigen, nichtwahrhabenwollenden Aufbäumen gegen das Ausmaß des soeben Gehörten, zu seinem Arzt. „Ich habe Geld. Ich kann die besten Ärzte der Welt konsultieren und mich in den besten Kliniken der Welt behandeln lassen!" – Und Doktor S., dem derlei Reaktionen schwer erkrankter Patienten nicht fremd, sondern sehr vertraut waren, so sehr sie auch ihn selbst nach vielen Jahren ärztlicher Tätigkeit noch immer bedrückten, sagte zu F. etwas, was dieser eines Adventsabends vor dreiunddreißig Jahren schon einmal gehört hatte. „Es gibt, mein lieber Herr F.", sagte er, „Dinge zwischen Himmel und Erde, die man nicht kaufen kann."

Auf einmal war alles, was F. in den zurückliegenden beiden Jahrzehnten verdrängt, vergessen und der Vergangenheit überantwortet hatte, wieder grässlichste Gegenwart. Wie aus dem Nichts griff es F. aus dem Abgrund des Vergessens heraus an die Kehle, lief es ihm kalt über den Rücken und fuhr es ihm schmerzhaft in die Glieder. Wie hatte er sich nur so lange in Sicherheit wiegen können! Natürlich war und blieb er ein Heimgesuchter. Natürlich war es sein Schicksal, ein Verfluchter zu sein. Natürlich war er verloren.

Doch so sehr F. die Versuchung anfiel, trotzig wie das Kind vor der Bärenkrippe mit den Füßen auf den Boden der Arztpraxis zu stampfen und sich diesen neuerlichen Anschlag seines Schicksals auf ihn unter gar keinen Umständen gefallen zu lassen, so klar war ihm zugleich, dass das Aufbäumen diesmal keinen Sinn und dass er sich in dieses Schicksal, das seit seinem achten Lebensjahr seinen Lauf nahm, vielleicht sogar schon früher besiegelt war und nur eben ein wenig mehr als zwei Jahrzehnte den Atem angehalten hatte, fügen musste. Die Würfel über sein Leben waren gefallen. So war es. Und alles Geld, aller Trotz, alles Vergessenwollen und alle Wut konnten nicht das Geringste dagegen ausrichten.

So regelte F., wie man sagt, seine Angelegenheiten, packte das Nötigste und begab sich, auf kein Wunder hoffend, wenige Tage nach dem niederschmetternden Arztbesuch in dasjenige Krankenhaus, das er im Hinblick auf seine Krankheit zum Tode für das beste der Welt hielt. Und weil er viel Geld und wenig zu verlieren hatte, wollte er, auch wenn es, wie er vor Kurzem zum zweiten Mal in seinem Leben hören musste, Dinge zwischen Himmel und Erde gab, die man nicht kaufen konnte und die mit Geld nicht zu bezahlen waren, wenigstens im größtmöglichen Luxus und umgeben von der bestmöglichen medizinischen Versorgung dieses verwunschene Leben zu Ende bringen.

Als er die Klinik betrat, wurde ihm angesichts der mit Kerzenketten dekorierten Bäume des Krankenhausparks und des prächtigen Adventskranzes in der Eingangshalle der Klinik bewusst, was im Schock der letzten Woche nicht an sein Bewusstsein zu dringen vermochte: dass Weihnachten vor der Tür stand und dass es wieder einmal Advent war, jene Zeit des Jahres, in der sein Leben und das Leben seiner Familie vor dreiunddreißig Jahren aus den Fugen geraten war. Der diesjährige Advent – davon war F. überzeugt und daraus, wenn überhaupt aus irgendetwas, schöpfte er eine Art nihilistischen Trost – würde ein Ende mit ihm machen. Gott oder wem auch immer war Dank, dass der Spuk seines Daseins bald vorüber sein und dass er den Fluch des Teddybären mit sich ins Grab nehmen würde.

Am Abend vor der unvermeidlichen und

doch vermutlich sinnlosen Operation, der er sich zwei Tage vor Weihnachten zu unterziehen hatte, strich F., den trotz seiner Erschöpfung von Beginn seines Krankenhausaufenthaltes an eine merkwürdige Unruhe erfasst hatte, noch einmal durch die Gänge der Klinik – auch deshalb, weil er nicht wusste, ob er nach dem nächsten Tag jemals wieder auf die Beine kommen und auch nur einen einzigen Schritt zu gehen imstande sein würde.

Seit seinem achtzehnten Lebensjahr, als er im Advent tagein, tagaus rastlos nach der Bärenkrippe suchte, hatte ihn keine derartige Ruhelosigkeit mehr überfallen. Wer ihn beobachtete, hatte den Anschein, dass F. etwas suchte, vielleicht aber auch vor etwas davonlief. Aber welcher Schwerkranke dieses Hauses wäre nicht gerne vor seinem Schicksal und vor den Dämonen des Krankseins davongelaufen!

Am anderen Ende der Klinik, fern von

deren medizinischem Herzen und fern von seinem Einzelzimmer, stieß F. an diesem Abend durch Zufall auf die leicht zu übersehende Krankenhauskapelle. Seit er als junger Mann auf seiner absurden Suche nach der Teddybärenkrippe Weihnachtsmärkte und Kirchen abgeklappert hatte, war er nicht mehr in einem christlichen Andachtsraum gewesen. Aber heute abend zog es ihn an diesen religiösen Ort. Es heißt, dass Menschen in den dunkelsten Stunden ihres Lebens dünnhäutiger werden und dass Not beten lehrt. F. hatte zwar diese Erfahrung bisher nicht gemacht und noch niemals in seinem Leben das Bedürfnis nach demjenigen verspürt, den manche Leute „Gott" nannten. Weil aber nichts schaden konnte, was nichts nützte, und weil er schon viel Nutzloses und Sinnloses unternommen hatte, setzte sich F., der – wie ihm plötzlich klar wurde – die längste Zeit Mensch gewesen war und bald zunichte oder zu was auch immer sonst werden würde, auf einen Platz in der letzten Bankreihe der Krankenhauskapelle und blickte in den kleinen Altarraum, in dem einige Kerzen brannten, die offenbar jene angezündet hatten, die glaubten, es gebe im Dunkel ihres Lebens ein rettendes Licht.

Als sich F. an die Dämmerung gewöhnt hatte, sah er unter dem Kreuz am anderen Ende des Andachtsraums eine kleine Krippe. Natürlich bestand sie nicht aus Teddybären, sondern aus geschnitzten Figuren, wie F., als er näher trat, feststellte. Etwas an dieser Krippe machte ihn stutzig. Nicht etwas, das da war, sondern etwas, das fehlte. Er sah es nicht auf den ersten Blick. Aber als er es sah, traute er seinen Augen, die vielleicht schon von den vielen Medikamenten, die er am Tag vor der Operation einzunehmen hatte, müde geworden waren und Gespenster sahen, kaum: niemand lag auf dem Stroh der kleinen Futterkrippe zwischen der

Marienfigur und der Josefsfigur. Die Krippe war leer.

F. fasste es nicht. Wenn er sich von außen hätte betrachten können, hätte er gesehen, dass er mit offenem Mund dastand. Und wenn seine Eltern noch gelebt hätten, hätte sie ihr schmaler und irgendwie kleiner gewordener einundvierzigjähriger Sohn an diesem Abend an eine freundlichere Version des Kindes erinnert, das einst vor der Bärenkrippe auf dem Weihnachtsmarkt ihrer Stadt stand.

„Die Krippe ist leer", sagte F. zu sich selbst in der Stille der Kapelle. Und er sagte es nicht nur einmal, sondern ein zweites und ein drittes Mal, als wäre es dadurch leichter zu glauben: „Die Krippe ist leer. Sie ist tatsächlich leer."

Irgendwo in dieser Klinik schloss, wenn nicht ein unersättliches Kind, wie er es damals vor dreiunddreißig Jahren war, die Jesusfigur aus der Krippe entwendet hatte, womöglich gerade in diesem Augenblick ein tief verzweifelter Mensch seine vor Angst zitternden Hände fest um ein kleines hölzernes Jesuskind – vielleicht, so dachte F. mit einem Mal, weil dieser Mensch glaubte, dass das Kind in der Krippe ihn würde retten können, nachdem alle ärztliche Kunst versagt hatte und am Ende war.

Diese seinen eigenen Lebenslogiken so fremde und all seinen bisherigen zermarternden Krippengedanken so zuwiderlaufende Vorstellung überforderte F., der just in diesem Augenblick seltsam weiche Knie bekam und fühlte, dass es Zeit war, sich in sein Zimmer und in sein Bett zu begeben. Als er sich auf den Rückweg dorthin machte, formte sich an den Rändern seines Bewusstseins ein Gedanke, der ihm noch nie in den Sinn gekommen war. Er wollte diesen Gedanken, ehe ihn in seinem Klinikbett die aufsteigende Müdigkeit übermannte, unter allen Umständen festhalten und klarer verstehen, was ihm aber nicht gelang, weil er den Kampf gegen dem Schlaf verlor – oder anders gesagt: weil der Schlaf den Kampf gegen F.s unruhiges Herz und gegen seine, wie es schien, heillose Verwirrung, gewann.

Wenige Stunden später, gegen halb zwei Uhr nachts, schreckte F. in seinem Bett auf. Irgendetwas hatte ihm geträumt. Irgendetwas, das mit der Krippe, dem hölzernen Jesuskind, dem Kreuz im Altarraum der Krankenhauskapelle und seinem Bären zusammenhing. Er wusste nicht mehr genau, was es war, das er geträumt hatte, aber er wusste, was er zu tun hatte. Und er wusste, dass dies vielleicht das Letzte war, was ihm zu tun blieb. Zugleich wusste er, dass das, was er zu tun gedachte, ebenso peinlich und absurd war wie das, was er im Advent vor dreiundzwanzig Jahren getan hatte, als er auf unzähligen Weihnachtsmärkten nach der Bärenkrippe Ausschau hielt. Aber weil es am mutmaßlichen Ende seines Lebens nicht mehr darauf ankam und weil ja doch alles verloren war, konnte er sich getrost noch ein letztes Mal zum Narren machen, bevor ihn der Teufel oder wer auch immer ihn holte.

F. nahm ein Paar Stiefel aus dem Kleiderschrank in seinem Zimmer, fädelte die Schnürsenkel heraus, öffnete seinen Koffer und räumte die Kleidungsstücke beiseite, die bedeckt hatten, was auf dem Grund des Koffers verborgen war und F. nun mit ausdruckslosen Glasaugen anblickte. F. nahm seinen Bären aus dem Koffer, drückte ihn an sich wie viele Jahre nicht und verbarg ihn in seinem Bademantel unter seinem Herzen.

Wenige Tage vor Weihnachten machte sich ein schwerkranker einundvierzigjähriger Mann in tiefster Nacht mit einem Teddybären unter dem Arm und ein paar Schnürsenkeln in der Tasche auf den Weg zur Kapelle eines Krankenhauses, aus dem es für ihn vielleicht kein Entrinnen gab.

Wie schon in den Abendstunden zuvor war der Mann auch jetzt, mitten in der Nacht, in der Krankenhauskapelle allein. Er trat in den Altarraum, sah in die kleine Krippe, in der noch immer das Jesuskind fehlte, begab sich unter das Kreuz, nahm es von der Wand und band seinen Teddybären, der viel zu groß für die viel zu kleine Krippe war, mit den Schnürsenkeln daran fest. Danach hängte er das Kreuz mit dem Bären zurück an seinen Platz über der Krippe, warf einen letzten Blick auf Kreuz, Krippe und Bär, kehrte zurück in sein Krankenzimmer und schlief friedlich und fest – so, wie nur einer schlafen kann, dem eine große Last genommen und dem ein großer Stein vom Herzen gefallen ist.

In den Operationssaal, in den der eigenartig seelenruhige F. am nächsten Morgen in seinem Bett gefahren wurde, begleiten wir F. nicht. Wir ziehen uns an dieser Stelle aus seiner und aus unserer Geschichte zurück. Wir überlassen unseren Helden seinem Schicksal. Ob um die Weihnachtszeit dieses Jahres herum ein Wunder geschah, wissen wir nicht. Aber wir hoffen es für ihn und für alle Verlorenen. – Und wer weiß: vielleicht sind wir in F.s Heiliger Nacht bereits Zeugen und Zeuginnen dieses Wunders geworden.

***

Zeitfracht Medien GmbH
Ferdinand-Jühlke-Straße 7
99095 Erfurt, Deutschland
produktsicherheit@kolibri360.de